庄凌 —— 著

我也是一个清醒者

黄河出版传媒集团
阳光出版社

图书在版编目（CIP）数据

我也是一个清醒者 / 庄凌著. -- 银川：阳光出版社，
2020.9
（阳光文库. 8090后诗系）
ISBN 978-7-5525-5550-9

Ⅰ. ①我… Ⅱ. ①庄… Ⅲ. ①诗集－中国－当代
Ⅳ. ①I227

中国版本图书馆CIP数据核字(2020)第183717号

阳光文库·8090后诗系　　　　　　　　　　　谭五昌　主编
我也是一个清醒者　　　　　　　　　　　　庄　凌　著

责任编辑　杨　皎
封面供图　海　男
装帧设计　晨　皓
责任印制　岳建宁

黄河出版传媒集团
阳　光　出　版　社　出版发行

出 版 人　薛文斌
地　　址　宁夏银川市北京东路139号出版大厦（750001）
网　　址　http://www.ygchbs.com
网上书店　http://shop129132959.taobao.com
电子信箱　yangguangchubanshe@163.com
邮购电话　0951-5014139
经　　销　全国新华书店
印刷装订　宁夏凤鸣彩印广告有限公司
印刷委托书号　（宁）0018804

开　　本　889 mm×1194 mm　1/32
印　　张　4
字　　数　150千字
版　　次　2020年9月第1版
印　　次　2020年12月第1次印刷
书　　号　ISBN 978-7-5525-5550-9
定　　价　29.80元

编选说明

谭五昌

在中国当代诗歌发展史上，后起诗人群体的流派与文学史命名一直是一个饶有趣味的诗歌现象。自"朦胧诗群体"的流派命名在诗坛获得约定俗成的认可与流布以来，"第三代诗人"、"后朦胧诗群体"、"知识分子诗人"、"民间诗人"、"60后诗人"（也经常被称为"中间代诗人"）、"70后诗人"、"80后诗人"、"90后诗人"等诗歌群体的流派与代际命名，便陆续出现在人们的视野中。如果我们稍微探究一下，不难发现，在这些诗歌流派与代际命名的背后，体现出后起诗人试图摆脱前辈诗人"影响的焦虑"心态，又在更大程度上，体现了他们进入文学史的愿望。这反映出一个极为明显的事实：崛起于每一个历史时期的诗人群体往往会进行代际意义上的自我命名。20世纪80年代中期，以"朦胧诗群体"为假想敌的"第三代诗人"开创了当代诗人群体进行自我代际命名的先河，流风所及，则是21世纪初期70后诗人、80后诗人等青年诗人群体自我代际命名的仿效行为。90后诗人则是在进入21世纪诗歌的第二个十年后对于80后诗人这一代际命名的合乎逻辑的自然延续。

当下，这种以十年为一个独立时间单位所进行的诗歌群体代际命名现象，在诗坛上引起了激烈的争论与内在分歧。从诗学批评或学理层面来看，这种参照社会学概念，并以十年为一个断代的诗歌代际命名方法的确经不起推敲，因为这种做法的一个明显后果便是对当代诗歌史（文学史）研究与叙述的高度简化、武断与主观化。因而，我们对于当代诗歌群体的代际命名问题，应该持严谨的态度。不过，文学史层面的群体、流派与代际命名问题非常复杂，没有行之有效的科学命名方法，也很难达成共识。这足以说明文学史命名的艰难。更为常见的情况是，一个诗歌流派或诗人代际的命名（无论出自诗人之口还是批评家之口），往往是一种策略性的、权宜之计的命名，从中体现出命名的无奈性。如果遵循这种思路，我们便会发现，60后诗人、70后诗人、80后诗人、90后诗人这种诗歌代际命名，也存在其某种意义上的合理性。因为就整体而言，他们的诗歌创作传达出了不同的审美文化代际经验。简单说来，60后诗人骨子里对于宏大叙事与历史意识存在潜意识的集体认同，他们传达的是一种整体主义的审美文化经验。70后诗人则以叛逆、激进的写作姿态试图打破意识形态的束缚（最典型的是"下半身写作"现象），他们在历史认同与个体自由之间剧烈挣扎，极端混杂、矛盾的审美经验使得这一代诗人的写作处于某种过渡状态（当然，其中的少数佼佼者很好地实现了自己的文学抱负）。而80后诗人兴起于21世纪初的文化语境之中，他们这一代的写作则是建立在70后诗人扫除历史障碍的基础上，80后诗人的写作立场真正做到了个人化，他们在文本中可以自由展示自己的个性，没有任何历史包袱，能够在语言、形式与经验领域呈现自己的审美个性，给新世纪的中国新诗提供了充满生机的鲜活经验。继之而起的90后诗人继承了80后诗人历史的个人化的核心审美原则，并在语言形式与情感内容层面，表现出理论上更为自由、开放的可能性。

目前，80后诗人、90后诗人是新世纪中国新诗最为新锐的创作力量，而且这两拨诗人在诗学理念与审美风格上存在较多的交集（简单说来，90后诗人与80后诗人相比最为鲜明的一个特点是：90 后诗人的思想观念更为开放与多元，他们的写作受到新媒体的影响要更为深刻一些）。因而，从客观角度而言，80 后诗人、90 后诗人的诗歌写作颇具文学史价值与意义。

因此，阳光出版社推出《阳光文库·8090 后诗系》，体现了阳光出版社超前的文学史眼光与出版魄力，令人无比钦佩，其价值与意义不言而喻。

2020 年 6 月 25 日（端午节）凌晨　写于北京京师园

目 录

清醒者 ／001

风 ／002

街角的花店 ／003

美女与野兽 ／004

走神 ／005

孤单日记 ／007

秋天的蝴蝶 ／008

芦苇 ／009

蛐蛐 ／010

桃花 ／011

秋老虎 ／012

滴水观音 ／013

风一吹我就飞起来 ／014

五祖寺的樱花 ／015

石头 ／016

雪落故宫 ／017

看天 ／018

错觉 ／019

台风 ／020

梦澜宾馆 ／021

鸟鸣 ／022

病 ／023

东湖 ／024

画中人 ／025

春暖花开 ／026

自画像 ／027

又一片叶子落了 ／028

天黑了 ／029

关门 ／030

橱窗里的人 ／031

沉默是金 ／032

人世间那些喧哗与色彩也暗了下来 ／033

雨夜 ／034

春天的陷阱 ／035

一场记忆里的雨 / 036

美人迟暮 / 037

给杜甫的一封信 / 038

空鸟巢 / 039

手 / 040

春光乍泄 / 041

门被风吹开了 / 042

黄昏 / 043

不懂爱情 / 044

哥哥 / 045

水中云 / 046

年关 / 047

天真 / 048

钓鱼 / 049

和 S 看飞机 / 050

与母亲一起洗澡 / 051

路灯 / 053

彼岸 / 054

我在这里等你 / 055

桃花岛 / 056

红颜知己　／ 057

雪悄悄下了一夜　／ 058

时钟　／ 059

红高粱　／ 060

朝阳　／ 061

晒被子　／ 063

感冒　／ 064

槐花　／ 065

精致男人　／ 066

下雪了　／ 067

风吹，不动　／ 068

我们的祖宗仍在天上相爱　／ 069

驴　／ 070

湖边　／ 071

晚安　／ 072

樱花　／ 073

鹅卵石　／ 074

为你写诗　／ 075

宿舍楼道的清洁工　／ 076

向日葵　／ 078

在济南想起邵家沟　／079

爱哭的人　／081

大海　／082

素食主义者　／083

南京法桐　／084

奔跑　／085

牙齿　／086

卸妆　／087

黄鹤楼　／088

流水　／089

伤感　／090

在春天生病　／091

枇杷　／092

花瓣落了　／093

山水　／094

孤独者　／095

迷路　／096

梦　／097

坐船　／098

今夜，我在想你　／099

有些人走着走着就不见了 ／100

武汉木兰草原 ／101

飞来的鹦鹉 ／102

春天，有多少少女破土而出 ／103

快递 ／104

墓志铭 ／105

在时间的天平上称量灵魂的火焰

——简评庄凌的诗　王冷阳 ／106

后记 ／113

清醒者

秋风穿着拖鞋在走廊里

晃来晃去

把一片叶子和我

吵醒了

太阳还闭着眼

天是阴的

叶子说，我们落下去吧

它们义无反顾

我突然有点感动

我也是一个清醒者

风

懒洋洋地躺在草地上

看着天边的白云自由自在

梦也无边无际

秋天阳光依然温热

我们不曾失去什么

一阵风吹过

抚摸着我的脸和手

我闭上眼睛，叶子就慢慢落下

风突然有些激动

掀起了我的裙子

那些枯草呀又开始返青

街角的花店

小城的街角上有一家花店

很奇怪花店没有名字

只是门口摆满了鲜花

不时有行人在门口驻足

闻一闻花香

有一天我看见几只蝴蝶

在花丛里舞蹈

蝴蝶是不是迷路了

这里不久前还是菜地与田野

美女与野兽

和朋友去看电影《美女与野兽》

看到一半，我爱上了野兽

白云与流水带我私奔

春天不会播种谎言

我的身体多出了茂盛的蛮力

我知道自己也是野生的植物

一根芦苇，却有着

一片河滩的梦境

我不爱那些衣冠楚楚的男人

个个脸上开满桃花

风一吹就心动

也不爱油盐酱醋里的男人

一辈子循规蹈矩

他们都是被驯化的动物

走 神

让月亮，照人类，也照妖精
打一个盹儿，我就被请到了天上
飞来，又飞走。而人群里
我一直是恍惚的，也是消失的
我愿意，被这个世界一点点忘记
然后又被谁突然想起

我想看看左边有什么右边有什么
用左边的西红柿，反对右边的小白菜
更多时候，我用左手的指甲
温暖右手里的疤痕
生活常常左顾右盼。我也会坐下来
和自己，好好谈一谈

我想学西施，还想学柳如是
英雄与小人，都踩在我的高跟鞋下
走在阴云密布的路上

我想与一个陌生人在雨水中拥抱

交换彼此的干燥，或烘干的秘密

现在，我在异乡把故乡翻开

看一眼，像看一枚硬币的正面与反面

孤单日记

一个人读女诗人旧作《一个人》

不是同病相怜，是春天的气温悄悄回升

一个人在图书馆，身边坐着李白和莎士比亚

浪漫与悲剧不过是人生的正反面

一个人听音乐，王菲对我诉说女人的心经

还有《贝加尔湖畔》与我谈一场透明的恋爱

一个人吃饭，周围都是碗筷的交响乐

一个人看月亮，抱残守缺也没什么不好

一个人也可以是整个世界

一个人活在芸芸众生里，我的自由也被放大

秋天的蝴蝶

那么多的蝴蝶成为相思的落叶

曾经的热恋，曾经洒下的汗水

那些色彩死在哪里

哪里就有春天的子宫

想想我们年少时四处飞奔

跑着跑着就不见了踪影

得不到的天涯，忘不了的咫尺

到头来只有盛大的秋风吹过

我们像蝴蝶一样四面八方来聚会

又像蝴蝶一样静悄悄散去

说什么天长地久，除了石头

好好活一天是一天，活一辈子有太多变数

芦苇

我们沿着江滩散步

高高的芦苇将小路遮挡起来

很多目光被挡住了

很多喧哗也被挡住了

江水静静地流淌

芦苇静静地摇摆

分不清哪一株是你

哪一株是我

这就是拥挤在一起的草民

风一来就点头

蛐 蛐

下班路上遇见一位大叔

在卖蛐蛐，也卖乡愁

笼子里的蛐蛐叫个不停

叫醒了古代光阴

那时有不少人吃饱了没事干

就喜欢捉只蛐蛐来斗一斗

一群围观的路人

他们好奇地拿出手机

拍来拍去，大眼儿瞪小眼儿

最后又回到了笼子里发呆去了

只有一个老头儿，掏出十元钱

买走了一只蛐蛐

返老还童

桃 花

桃花盛开时，别信口开河说天涯

我只要咫尺距离

爱情的颜色其实看不见

看见的都是别人的脸色

人生苦短，世人都幻想桃花运

父母却教诲我戒桃花之颜

为何我要逃避七情六欲

黛玉也要葬花，不然回头一片空白

桃花无毒，有毒的是人心

不要问花，问问自己

桃花在风中走散

有人客死他乡，有人风尘仆仆归来

秋老虎

处暑已过

秋老虎还在发威

武汉依然闷热，高烧不退

每天和一群男女老少蒸桑拿

我的盛夏已随蝴蝶飞走

爱情却没有成熟

但我的心依然火热

二十四只秋老虎，有一只是我

滴水观音

从花市上买了一株滴水观音

刚刚开花

观音也探出头来

我抱着它上了公交车

车上拥挤不堪

找不到绿色的位置

公交车走走停停

人生兜兜转转

我抱着它，自己也变成了观音

怜悯地看着奔波的众生

风一吹我就飞起来

回升的气温同芳草一起生长

空气中弥漫着女人的香味

我到底是谁，没人知道

我的身体发热

过不了多久我就要蒸发

我此刻很轻很轻

风一吹我就飞起来

五祖寺的樱花

五祖寺的樱花开了

开开落落像下了一场雪

寺院的老和尚说

多年前有位作家

带来了几株樱花树苗

它们不问庙堂，只臣服水土

在哪里盛开，哪里就是福祉

石 头

每到一个地方旅游

都捡一块当地的石头回来

那些石头形状各异，五颜六色

有的像星星、像太阳

有的像花、像草

有的像猪、像牛、像人、像神仙

孤独的时候他就看看这些石头

越来越多的人已变成了石头

雪落故宫

白雪落在故宫的红墙碧瓦间

落在几棵古树上

落在光阴的缝隙里

紫禁城里那些落英缤纷的故事

被白色轻轻抹去

百年前，故宫的门打开又合上

历史被轻轻翻动了一下

日月升起又落下

故宫还是故宫，雪还是雪

我这个赏雪人也如雪一样落下

变得宽阔无边

我伸手接住一片雪花

希望时代的喧嚣不要吵醒它

看 天

闲暇时我会抬头看天

不知神明能保佑我们什么

低处的卑微

都被无边的蔚蓝宽容

我喜欢白云自由飘荡

哪里都是家

而翅膀常常被我们自己捆绑

还有晴空万里呀

内心也空无一物

错　觉

下午我坐在朝南的阳台上

阳光从我的右前方暖暖地照过来

我总有一种错觉

感觉自己是面朝东方

太阳是八九点钟的样子

仿佛新的一天才刚刚醒来

其实我害怕黄昏

之后是一个人空洞的辽阔

害怕人生在世也是错觉

阳光充满了怜悯

台 风

台风唯我独尊

把万民的财物洗劫

暴雨在冲刷记忆

那一刻，被压抑的生灵

也想在天地间大书狂草

房屋　树木被卷走

虚伪　懒惰也被卷走

人群胆战心惊，四散而逃

台风过后人们重新打开窗子

床单和衣物晾在阳台

阳光把霉运冲淡

楼下骑电动车的小情侣又按时上下班

马路上的交通井然有序

快递小哥在小区门口如往常一样打电话

我们的恐惧也渐渐恢复了平静

梦澜宾馆

在一条僻静的街道

听说有一家叫"梦澜"的宾馆

多美的名字

我待在原地开始做梦

这一条街都属于我了

亲爱的,我们就来这里住上三天三夜

忘了这个世界的神出鬼没

婚姻只是一张纸

我不收藏你的承诺,只收藏你的沧桑

即使以后老了,我们还会相约来到这里

抚摸彼此脸上的皱纹

南方和北方只是指南针的两端

一千零一夜只是前戏

我要在你身上印满红唇,桃花盛开

我不爱白头到老,只爱两情相悦

鸟 鸣

早上被清脆的鸟鸣叫醒

很久没遇到鸟儿了

不知道是什么鸟

叫醒了童年

不想急匆匆地去赶地铁

站着瞌睡一小时

不想钻进密密麻麻的高楼大厦

人越来越渺小

不想听汽车的嗡嗡声

邂逅不到一只蜜蜂

躺在床上

我突然有一种飞走的冲动

病

半夜咳嗽骨头疼

我试着吃药，麻醉时光

一天又一天瘫痪在床上

只有梦接二连三，如春草死而复生

梦中总出现一个陌生的年轻面孔

他喂我吃饭，给我更衣

我像一条懒洋洋的蛇

享受着月亮与云朵的纠缠

病中生情，爱也病了

东 湖

第一次来东湖边

我有些失落

东湖没有西湖的人来人往

也没有成群结队的诗人作诗

这里湖水平静

像人接近黄昏

偶尔几只红嘴鸥从天空掠过

很快没了踪影

星星点点的游船从水面划过

卷不起几朵浪花

我的倒影模糊

转一个身，相忘江湖

画中人

你喜欢在下午四点半喝咖啡

一边读财经报一边想我

你问

为何二十岁的我有着三十岁女人的魔咒

窗外海棠红了

我在卧室画画

你如幽灵般游荡

一会儿你在我的画里，一会儿在画外

你点了一支烟

说画里的女人似曾相识

只不过她是长发我是短发

熄灯后，画中人走出画面

寻找我的童年去了

而你睡在我的身边

像一个乌有之人

春暖花开

夜深人静时

我写了一篇关于海子的毕业论文

仿佛世上只剩我和他在对话

他梦想有一所房子

面朝大海，春暖花开

而我只能做白日梦

那个春天他二十五岁

这个春天我也二十五岁

他死了，我还活着

他在盛开，我在凋谢

自画像

先画眼睛

大而明亮，双眼皮

秋波流转，男人的魂魄都被勾走

再画嘴巴

小巧玲珑，樱桃熟了

蜜汁四溢，古老的石头都被融化

接着画鼻子、眉毛、耳朵、头发

每一处都有故事，桃花盛开

最后画婀娜的身姿

燕子一样轻盈，飞来飞去

她像太多人了

唯独不像我

又一片叶子落了

今天听闻一个小师弟因病离世的消息

半夜起身我替他抽了一支烟

烟灰落到手指上

轻轻痛了一下又很快麻木了

记不清他是不是那个

平安夜给我送苹果的男孩

只记得楼下有个人喊过我的名字

又被风吹走

就像我曾经的闺蜜杨柳

每天她都叫着我的名字

直到她变成树叶落了下去

天黑了

几朵云翻过头顶

就暧昧起来

鸡呀鹅呀，还有白色的羊群

赶往回家的路上

老人在呼唤那些

散落在野外的孩子

河边洗衣服的女人

被流水带走

万物也累了

卸下金碧辉煌

这时什么都模糊起来

我只看见了自己

关 门

母亲年轻时也拥有山水起伏的玲珑身体

可她的春天太小了

万紫千红都被庄稼和茅草覆盖

她总是把门关得紧紧的

把幻想与故事关在了门外

这一生她只为三个人开过门

一个是父亲

另外两个是她分娩的儿女

母亲的钥匙在别人手中

而我的钥匙在我自己手中

我爱粗茶淡饭也爱灯红酒绿

我不会把门关死

也不会为魔鬼开门

你转动锁孔，宝藏就为你打开

你是我相见恨晚的人

橱窗里的人

楼下的时装店橱窗里

摆着几个造型各异的塑料模特

每隔一段时间

她们就被换上新潮的服装

让我羡慕

每天下班路过

我都驻足一小会儿

和她们打声招呼

这个小区，我连个打招呼的人都没有

真希望有人偷偷看我

沉默是金

网络的另一端你夸我照片漂亮

我笑笑只是沉默

那是你没看见我的尴尬与自卑

你说写诗不是饭碗，该去干点别的

可我是个落伍者，鱼与熊掌不可兼得

你说美女要讲究穿着，多参加聚会

我无言以对

男人总是居高临下云里雾里

女人是用鼻子去闻对方气息

人世间那些喧哗与色彩也暗了下来

十八点三十分车子慢慢动了起来

人们松了口气，停止了交谈

我看着窗外幽深的路灯

想起七年前病重的奶奶

临终前一天也是这样的时刻

她突然停止了没日没夜的挣扎

也这样慢慢地暗了下来

人世间那些喧哗与色彩也暗了下来

车子不紧不慢地开着，风也在路上

我的年轻追上了苍老的时光

雨 夜

半夜，一场大雨突至

窗子不停地呻吟

梦里欺负我的男人突然消失了

影子变成了水

我默默地听着雨声

不由得想到大街上流浪的狗猫

还有野外的小生灵

我想把它们召唤到我的被窝里来

一起说说

无家可归的故事

春天的陷阱

阳光透过薄薄的窗帘

照在脸上

一半阴影一半光亮

我们躺在松软的皮质床上

掉进春天温柔的陷阱

你的手还在梦游

风铃摇晃着云朵

我们一再说：

"起床吧，起床吧"

可是又不知不觉悄悄睡去

我们只管把梦做完

莫问前程

一场记忆里的雨

突然下雨了

路上的行人四处逃窜

我兴奋地跑了出来

与树木站在一起

我想知道

雨落在树上与落在我身上

有什么不同

我想知道久旱逢甘霖

是如何变成神话

我张开双臂，伸伸懒腰

那些树木也抖抖身上的叶子

原来我与树木

也有一样的快乐

美人迟暮

黄昏停在一枚熟透的苹果上

苹果也有慌张的秘密

玩水的少年被河流漂远

星星眨了眨眼睛

我们还来不及说爱，叶子就落了

还来不及拥抱，火车就开走了

她对着春天梳鬓，看见桃花盛开

却已是美人迟暮

给杜甫的一封信

子美兄，茅屋为秋风所破

你冷我也冷

如今广厦建在天上，令人仰望

不知你又该如何下笔

我也是一介寒士，与你惺惺相惜

满腹诗书如空空明月

只愿心有所居，老有所养

我们隔世相望，心有灵犀

空鸟巢

高大的白杨树上挂着几个空鸟巢

北风一吹就如虚构的空中楼阁，摇摇欲坠

那些翅膀去了哪里

树下也没有玩耍的孩子和飞舞的蝴蝶

仿佛一切都未曾发生

每次看到那些空鸟巢

我总是莫名地想到外婆

院子里长满杂草，水缸里爬满青苔

手

我对男人最初的认识不是白马王子

是一双有着泥土味的少年的手

它让我如轻音乐一样播放

帮妈妈去收玉米时

那些尖刀型的叶子与胡须

也触碰过我的身体

我们并不明白要爱什么

只有手知道

我常常抚摸路边的野花

那腥味只有野猫闻到

想到生命的终结我的双手自然地垂下

而风中的战栗从未停止

春光乍泄

昨天还是眉头紧锁今日便春光妩媚

看见俊雅书生走在古道上

清明时的细雨滋润处女的嘴唇

惊鸿一瞥，新人成了旧人

一年四季是神明变幻的戏法

花鸟鱼虫在二十四节气里生死轮回

我见过春天出生的婴儿

和冬天逝去的老人

啼哭之后都归于平静

走在寂静的河边

我常常想起那些埋在故乡的亲人

他们是否也会随青青的草木苏醒

于某个春光乍泄的早晨

门被风吹开了

午睡时房门被风吹开了

我听见有东西进来了

风轻轻掀动我的被角

好像有人在放火

春天那么干燥，这真不好

身上的杂草一点就着

黄 昏

我静静地坐在门前的石头上

看着山坡上的牛羊慢慢回家

陌生又熟悉的人群日复一日地老去

如那些落花，把回忆还给了大地

山冈上的那棵老橡树

被夕阳无辜地放大了影子

刚才有辆拉灵柩的车过去了

夹杂着一些哭腔

就如同经过的鸭群

或者邻居家那只花尾巴狗

我只是看了一眼，一生就过去了

或许我是那个灵柩里的人

那么安静，翻过了莺飞草长

不懂爱情

我本是那尾游荡在水中的鱼

自由自在，无拘无束

你正是那日日垂钓的男人

对我投下诱饵

你在我的梦里停留

如蝴蝶吻过花瓣

我想见你，花就开了

我不要承诺，那是一吹即破的水泡

我不知道

爱的是你还是生机勃勃的春天

哥 哥

我和邻家的大哥哥在小溪畔看日落

跟童年的日落没什么两样

也许，这是我们在世上奔波后最好的安慰

麦苗，小路还有青梅竹马都已成长

该开花的开花，该结果的结果

如今他已成家，胡子刚刚刮过

他看我的眼神依然没有改变

青春期的秘密都被晚风吹散到天涯

回家我们依然做咫尺邻居

水中云

一朵云和另一朵云相遇又分离

在天上也在水中

就像前世的情人死去又相见

那么多的云从我们身旁经过

有名字的没名字的

我们都叫它秘密

那天下午洱海的水特别蓝

蓝得辨不清

哪是天哪是海

哪是云哪是你

我们在栈桥边和天上的云抱作一团

在水中交换心情交换命运

也交换透明的身体

现在我一会儿看云，一会儿寻找自己

想你，想一个虚构的你

成了人间最俗的心事

年 关

火车上挤满了回家过年的人

各种方言一团和气

脸上的疲惫也莫名亲切

绿皮火车软了下来

星星也软了下来

夜里吹过温柔的马蹄

内心安静得能下一场雪

失踪一年的人像蘑菇一样冒出来

换上新衣服就是一次涅槃

我们奔波一年什么都忘记

亲人、老乡、青梅竹马,还有初恋

我们都要一一相认

天 真

我和他站在阳台上看烟花

美到心疼，就像初恋

只是那时

我还相信童话

连手都没有碰过就想要在一起

一生一世

后来我们都在远方沦陷

爱过蝴蝶也爱过落叶

总有一天我会和一个陌生人

生儿育女

但每到春天，我还是原来的绿色

还是偶尔会想你

钓 鱼

在乡下我们钓鱼

鲤鱼、鲫鱼、鲢鱼都钓过

钓着钓着就没了兴趣

后来我们钓青蛙

钓到又放了

无非是折磨时光

只有我钓童话

钓到几个水泡

愿者上钩

天下没有免费的午餐

和 S 看飞机

我们把车停靠在离机场不远的路边

我和 S 谁也没有开口讲话

只有车里的音乐和时间漫不经心地交谈

等待，有点无聊

很多故事就是在不经意间发生

一架飞机从我们的头顶缓缓飞过

那么远又那么近

它不是童年的风筝，更像一个玩具

S 点了一支烟，仍旧没有说话

又有一架飞机从我们眼前平静地飞过

"你的烦恼还有吗？"

我看着天，刚才那架飞机

也已经悄无声息地降落了

原来那些曾经以为的巨大的事物

一不留神就飞出了我们的视线

仿佛一切未曾发生

与母亲一起洗澡

在澡堂的更衣室我迅速脱光了衣服

母亲却行动迟缓如老麻雀缩着翅膀

母亲瘦得只剩下了骨架

干瘪的乳房如空空的袋子

那些乳汁，那些粮食，那些温柔

都被时光挥霍一空

母亲年轻时也是村里的美人

在正月的戏台上与一群大姑娘跳舞

一直跳到摇曳的红高粱地里

母亲背对着我默默地洗着

我也把身子背过去

不敢看母亲衰老的身体

那是我的明天，隐藏着衰老的气息

"凌儿，我给你洗背"

母亲转过身来，她鸟爪一样的手指

在我光滑的肌肤上温柔地擦过

我也转过身来，给母亲洗背

心就一阵酸涩，我看见大理石的花纹

路 灯

我们在这条街上徘徊

路灯熄了又亮，亮了又灭

像个顽皮的孩子在捣鬼

像我们分分合合的恋爱纠缠不清

那些薄如纸张的永远，不攻自破

只有盛大的秋风在穷追衰老的故事

你心事重重，吐着烟圈

有意无意地浪费着彼此的光阴

一对热恋中的情侣从旁边经过

女孩撒娇要男孩背

像两头奔跑在森林里的小鹿

像当年的我们活在海市蜃楼里

如今，满天星光还在，这条街还在

心情不在，你丢掉的烟头枯萎在黑暗里

我们像两盏路灯

咫尺天涯，互不相欠

彼 岸

在长江坐渡船

我想起了电影《江湖儿女》

巧巧坐船去寻她心爱的男人

这船上的男女老少

也像个小江湖

一个老太太不断捶着自己的腿

嘴里念着佛经

那个外地口音的中年男人

在电话里讨价还价

背书包的中学生坐船去上补习班

而我像个古人

只想听两岸猿声

我在这里等你

在南锣鼓巷路过一家商店

名字叫"我在这里等你"

仿佛天鹅飞过现实的距离

白娘子千年等一回

很多幻想者就去了下辈子

等待戈多的家伙

被世人嘲笑

我在冬天的北京

想着春天的事情

但我还是想待在原地等一等

等你来拨开我身上的荒草

桃花岛

这里没有世外高人和神仙

更不存在"东邪"黄药师

和古灵精怪的黄蓉

岛上种满桃树，却没人葬花

潮起潮落能听到太阳与月亮的召唤

一天内只有一趟渡轮到达

与彼岸无关，只是昨天与今天握手

村民赶海，小孩捡拾海蛎子

渔船就是流动的粮仓

游人来到岛上，只是看看陌生的风景

一个转身，就把邂逅甩到了天涯

我想在岛上租一块荒地

种上干净的蔬菜与水果

不问命运，只关心食物和天气

红颜知己

我喜欢叫你欧巴

像韩国女孩那样撒娇

每天等你的微信上线

听你讲别的女人的故事

你要我吃豆浆芹菜西红柿

要我化淡妆，穿飘飘的长裙

你说我的前生是一株高洁的水仙花

需要细心的男人来浇灌与培育

我站在镜子面前沐浴

看着镜中起伏的山水

不知道应该哪一面朝向你

雪悄悄下了一夜

没有人注意到是什么时候

落下了第一片雪花

早上起来

马路、广场、树木都白了

祖母的头也白了

我突然有一种莫名的感动

谢谢这一场雪

把我们的世界都修正了一遍

时 钟

家里有一台老式座钟

嘀嗒嘀嗒

我充满了好奇

想拨快指针一夜长大成人

十八年过去，樱桃早已成熟

时钟也老了，父亲把它搬进仓房

活在了时间的阴影里

我们疲于奔命

在陌生的忙碌中周旋

渐渐忘却了时间

只有在孤独的时候

才与时间做回情人

那一夜我睡在光阴的怀里

我伸出手想把时钟

拨慢一点，再慢一点

红高粱

祖母和高粱一起生长

又如高粱一样静静躺下

如今母亲也只剩老去的枝叶

过年的时候我和堂妹蒸蜀黍糕

剩下的给父亲酿高粱酒

我们用高粱秆拴盖顶，高粱穗子扎扫帚

就连高粱叶子也要喂牛羊

记得小时候我们在高粱地里玩过家家

天当被，地当床，高粱一直为我们保守

让人想起来脸红的秘密

直到我在城市里像风中的高粱一样行走

并牢记我的属性：品性温暖，抗旱耐涝

身体像甘蔗一样甜，一生没有被浪费的光阴

朝 阳

太阳刚醒时，她那朦胧害羞的脸

已无人注意，她那么美

连浮躁的诗人也没看她一眼

清晨都是忙着吃早餐的人，挤公交车的人

车水马龙都在与时间赛跑

只有我在公园的树林里

看着朝阳发呆

地上撒满了落叶，如一只只黄色蝴蝶

风一吹，它们就张开翅膀四处飞舞

我轻轻地走着，生怕踩疼它们的回忆

我的回忆都是伤口

周围是一片安静的杨树

四季轮回，与喧嚣的人间保持距离

我抱住其中一棵，她像个慈祥的老妇人

有一天我也会化为尘土

或是一棵无言的植物

静静得和树木站在一起

但愿还有朝阳的抚慰

不再失魂落魄

晒被子

奶奶去世了，她的房间里阴暗潮湿
我和母亲搬出几床陈年的老被子
搭晒在院子里的绳子上

光阴很沉，棉花都老了
布料的色彩黯淡如奶奶的面容
但奶奶的面容与气息
仍会覆盖在我们的身上

下午收被子时我意外地发现
那些霉运和忧伤都被清风吹散
阳光是我们的解药
生与死也可以温暖邂逅

感 冒

有人拿着酒杯来回晃动

月亮一晚上都爬不上来

好像有刀子抵住我的喉咙

"我爱你"无论如何我都说不出口

满天星星都喝醉了

你睡在我的身边

看我夜里和自己决斗

我想杀死这个最大的敌人

如果我赢了，你就称我为女王

要夸我聪明夸我漂亮

女人都乐于爱上骗子

输了呢，也要继续骗我

人生难得糊涂

你还要记得看天气预报

明天一定要有个好天气

要有风，把我吹醒

槐 花

一阵雨后，槐树停止了摇曳

仿佛一伸手就能把昨天拉回

路边的槐花又落了一地

有老奶奶在树下捡槐花

要给孙子做槐花饼

一群小姑娘从旁边蹦蹦跳跳经过

老奶奶与小姑娘都是槐花

只是年份不同，从枝头到地上

一眨眼就是一生

精致男人

马路上走来一位风度翩翩的男人

像是民国时期留洋回来的公子

他梳着油头

穿一身卡其色的英伦西装

一只手提一只复古皮箱

另一只手持一把长柄黑伞

不遮雨也不挡太阳

闺蜜已经花痴到尖叫

我只是发呆

真想和他说一声："谢谢"

在这个喧嚣的下午

他让偶遇的女人得了免费的相思病

下雪了

终于等到一场大雪

天鹅绒降落

漫天雪花飞舞

我也飞了起来

轻飘飘的

仿佛每个人的命运也不再沉重

雪花一点一点把这个世界变白

我也一点点变白

我几乎已经遗忘了

这纯洁的颜色

如今，只剩一片雪花

能找到你内心的感动

风吹，不动

暮晚的风吹过大雄禅寺

院内的菩提树叶晃了晃脑袋

点燃的香烛也歪了歪身子

请问如何做一个心无杂念之人

殿前的佛像一动不动

他们已经去了大殿听禅拜佛

我和白月、李南等几位姐姐

坐在外面的台阶上拍照聊天

风推我时，有僧人从厨房端着饭菜经过

我的心，微微动了两下

不知佛祖看见了没有

我们的祖宗仍在天上相爱

我想穿越到一个传说里

邂逅淳朴的牛郎

我在清澈的湖水里洗澡

衣衫被人偷走，心也被偷走

他耕耘劳作，我纺织绣花

远离垃圾与雾霾

我们不羡慕纸醉金迷

将彼此的身体当作远航的船

我们从鸡窝里捡蛋，从椿树上采下嫩叶

品尝舌尖上的人间

当我病了，他会为我熬良药苦口的成语

当他衰老，我会把他织成秀美的锦缎

闲暇时，我们看看野花听听流水

晚上，我会给孩子讲故事

指着牵牛星与织女星

那是我们的祖宗，仍在天上相爱

驴

在昆明的街头有不少驴车

供游人乘坐

如今驴子不在乡下推磨了

也跑来城里打工

坐上去我就成了围城里的王

我喊一声"驾！"

驴子就拼命地奔跑

我也是这样奔跑

两眼一抹黑

没有方向

湖 边

午后走在刚下过一场小雨的湖边

我突然想给桥对面的陌生人一个拥抱

我们什么也不用说

这个天气这种距离刚刚好

陌生如此清新

我们活着，还有点小小的兴奋

晚 安

躺在床上，白天的我与夜晚的我合二为一

虚假死了，昙花开放

微信上有人发来晚安

我也回一个晚安的表情

熟悉的陌生的人都睡了

我却在等一个人

等他的晚安

他或许来自天南海北

或许来自坟墓

孤独陪伴孤独，夜晚爱上夜晚

我还需要一粒安眠药

为全世界催眠

晚安

樱 花

四月樱花开满整个公园

开一瓣也落一瓣

不时有清洁工推着环卫车来打扫

那些年轻的身体被垃圾埋葬

骨头流浪远方

我想给你穿上衣服

女人到死也要有尊严和姿色

我想你有义无反顾的爱情

爱过就不后悔

而我不打算开了

我只想在枝头多睡一会儿

含苞待放是我一生最美的时光

鹅卵石

在河边捡到几颗鹅卵石

如头顶光滑的剃度者

它是自己的明灯

打个水漂，溅起几朵小花

心又沉了下去

但那些久远的事物

还会露出水面，被我遇到

为你写诗

你要我为你写一首诗

我偏偏说不，那么多女人

蜜蜂一样围着你转

我不愿成为其中的一张废纸

你的电话我爱接不接

你的微信我爱回不回

看到你六神无主的信息"在吗？在吗？"

我就扮个鬼脸

我喜欢听你一遍又一遍说：

"你这个冰美人，为何我偏偏爱你"

你不知道我是休眠的火山

一旦爆发，会惊天动地

宿舍楼道的清洁工

宿舍楼的清洁工

跟我妈一样的年纪

我天天遇到，已经将她

当成了生活的道具

有一天中午，我带碗米线回来

她正在用清水洗涤空空的走廊

忽然抬起头来

望着我，目光柔软

说我长得像她女儿

我的心为她跳了几下

却不知道该怎么应答她……

之后我一直想写她

希望她像我妈妈那样

来到诗句中间

每天默默地清除废弃的垃圾

把我每个字上的灰尘一一擦去

但我至今没有下笔
那么多深情的汉字似乎都被我
用光了，再也找不到几个
可以献给她

向日葵

阳台上种的那株向日葵

开花了

像凡·高的油画

饱满婀娜，金黄灿烂

我们一起阅读太阳

也阅读岁月的暗淡

但我不是向日葵

它喜欢抬头

享受来自天空的爱情

而我总是低头

与有缘人错过

在济南想起邵家沟

离开邵家沟，离开一贫如洗的回忆

我跑到济南读书做济南梦

城市越来越大，我却越来越渺小

人山人海里看不到一个叫庄凌的女孩

邵家沟没有趵突泉，涌出李清照的诗词

点点滴滴却找不到我的一句

邵家沟没有秦琼，点兵威震四方

而我只是一杆迟到的红缨枪

邵家沟没有林立的高楼让天都长高

邵家沟没有眼花缭乱的橱窗让仙女止步

邵家沟没有才子佳人演绎感天动地的故事

邵家沟没有美食，只有齐国的红高粱

扪心自问，我还爱邵家沟吗

那里的一草一木都是良民

我还爱那个一身泥土气息的小哥哥吗

他像个将军，指挥一群山羊漫过山坡

爱哭的人

秋天树叶凋零，她会哭

春天种子发芽，她会哭

周而复始的命运，她会哭

微不足道的感情，她会哭

她是个爱哭的人

从垂髫哭到黄发

她是个好心肠的人

一场及时的雨水也让她喜极而泣

大 海

我的故乡在海上

我就像大海领养的孩子

没有根系，只有漂泊的梦想

即便我热爱我的母亲

我们仍然隔着沉船和岛屿

多年前的一个傍晚

我在陌生的城市里迷了路

只好坐在路边

路人投来的眼神让我惊慌

我想起我的父亲

他曾一次次坐在海边

心有汪洋

但肉身破碎

素食主义者

他是个素食主义者

对动物有慈悲之情

吃素

有人养生，有人养心

他养佛

养一群与世俗无关的文字

在这披头散发的喧嚣年代

他只是青草，但春风吹又生

南京法桐

在南京，满大街的法桐

生长了百年，年轮就是历史

据说是因为宋美龄喜爱法桐

蒋介石为博美人一笑全城种植

木讷的植物也开口讲浪漫的故事

我没有倾国倾城的美貌

也不想烽火戏诸侯

我只是来看看风景，也成为别人眼中的风景

只想在树下停下来静一静

做一片落叶

奔 跑

那天午后你拉着我追赶即将远去的火车

你如少年一样奔跑

我跟着你不问前生不问来世

仿佛大千世界只剩下我们两个人

如果那天没有追上狂奔的火车

其实也好

我们就做一对平凡的夫妻

白头到老

而火车不早不晚

我们各自回到原来的位置

连一个拥抱都没有留下

牙 齿

祖母的最后一颗门牙掉了

她的故事也快讲完了

门框光秃秃的

只剩残缺的时光

这一生不知有多少次

她咬紧牙关，试图关紧命运的闸门

但门前的流水一去不返

如今，连灵魂也要溜走了

卸 妆

参加生日 Party 回来

我在镜子前卸妆

卸掉表演与热闹

卸掉疲惫与伪装

卸掉人模人样

仿佛今天我又重活了一次

看着素颜的自己

有几粒小雀斑

还有两颗青春痘

衰老与新鲜

出现在同一张脸上

黄鹤楼

开观光车的师傅说

他在景区生活快六十年了

每天早上都在山脚下锻炼身体

却从来没有上去过

以前觉得有的是时间

等哪天高兴了再说

后来竟找不到上去的理由

今天我带着一群写诗的大学生来参观

我也没登上黄鹤楼

黄鹤还没有归来

流 水

故乡像个整了容的人

近在咫尺却不敢相认

我说过的话，爱过的人

都在风中失散

路过儿时读书的小学

破旧的砖房早已被崭新的教学楼代替

我也曾在这里像青草一样发育

渴望与明天相逢

但今天我是那么伤感

用野花虚构春天，用流水代替真相

伤 感

天上的云飘着飘着就散了

树上的叶子落着落着就不见了

地上的人也是

你还是莫名地伤感

直到有一天伤感也麻木了

那些被风抚摸过的往事

却越来越清晰

在春天生病

春天来了

我病了

玫瑰也病了，阳光也病了

爱情有气无力，温暖一旦燃烧

就晕头转向

一对小情侣在草地上追逐打闹

像两只蝴蝶飞来飞去

病了，我才发现这世俗之爱有多美

病了，我才知道我多么渴望飞起来

要像梨花一样轻盈

像云一样淡泊

没有牵挂，没有痛苦

枇 杷

以前在北方只吃过枇杷

没见过枇杷树

而今漂在南方，遇见枇杷树

就如网友见面

刚刚三月份我就和一只花猫

在等枇杷变黄

今天下班我去看它们

枇杷早已黄了

有的落进怀里，有的离家出走

一个老人正用拐杖

敲打树上残存的果子

像敲打她所剩无几的时光

花瓣落了

清晨醒来

花瓶里的郁金香落光了花瓣

一些温暖，一些气味

也在睡梦中悄然消失

我捡起一瓣夹在了一本书中

光阴也藏了起来

或许某一天那些战栗的骨灰

还能被翻开

枯木又逢春

也许我又被你重新理解

而那些短暂的交集

终将不翼而飞

山 水

帝王的山水是天下

普天之下莫非王土

古诗中的山水

诗中有画，画中有诗

如今的诗人

看山不是山，看水不是水

在形而上学的世界里

幻想天上掉馅饼

我向一个老和尚请教

他笑而不答

用手指指天，又指指地

看着他远去的背影

渐渐消失于山水之间

我才恍然大悟

孤独者

我和他在谈论尤金·奥尼尔的戏剧

剧情在高潮处戛然而止

现实主义与象征主义流离失所

我们那么孤独

车水马龙，只拥有喧嚣

高楼林立，却无处安身

他收起剧本，试图写一首诗

从一个黑夜进入了另一个黑夜

露珠里躺着一个干裂的人

诗人不是疯子而是思想家

越优秀越孤独

明天的很多敌人

今天是我最亲爱的

迷 路

去机场的路上

我的左手与你的右手

轻轻碰在了一起

我们突然迷路了

漫天银杏叶像丢了魂的蝴蝶

不知该去向哪里

诗歌也聊过了，爱情也聊过了

青菜也爱过了，太阳也爱过了

我们翻阅过彼此，像翻阅过万水千山

可我还没有忘记你

没有忘记一阵清风的儒雅

让白云的思想颤抖

让命运的窗子打开或关闭

梦

梦见有个人不停地赶路

从古代朝我走来

满脸阳光，穿着仙女一样的长裙

无忧无虑地跳舞

累了就坐在一片杜鹃花叶子上休息

身上还滴着露水

我吃惊地发现她与我长得一模一样

但她却不认识我

坐 船

船在水面掠过擦出阵阵浪花

站在甲板上的人能看见明天的太阳

船舱内有人在聊麦哲伦绕地球一圈

生活也是个圈

船突然变得颠簸

人们胆怯蜷缩如鸟兽

我使尽浑身解数，大海也不会温顺

我望向窗外，无边无际

我仿佛躺在一只巨大的摇篮里

今夜，我在想你

天气预报说你的南方下雨了

我开着窗听南风迟来的问候

雨水把我带走，一生也会有失踪的光阴

我是一只懒猫

懒得吃早餐懒得谈恋爱

无聊到写写文字拍拍照片

猜你流浪的足迹与哪一棵树在一起

今夜我的北方

还在松动的寒冷里梦呓

真害怕我一夜之间突然老去

害怕你埋葬在别人的故事里

有些人走着走着就不见了

春节过后很多人离开了村庄

街道上只有风声走动

老人们留在了山上

年轻人乘火车或汽车

消失在陌生的地方

有人换上时髦的衣裳钻进灯红酒绿中

有人混合成钢筋水泥成为城市的一部分

你爱过我，如蜻蜓点水

雨过天晴，波澜不惊

有一天我也会走着走着不见了

好像从未在这个世界呼吸

武汉木兰草原

木兰草原早已不见花木兰

它等来了我这个北方女子

青青草木如亲人

我在荆楚之地听见童年的鸟鸣

强掳南下，梦还没有做完

一个弱女子一夜之间长大

白云远去，生死不明

一场突如其来的雨

洗去我脸上的脂粉

我很清醒

我不是花木兰

飞来的鹦鹉

在卓尔书店的院子里

捡到一只飞来的鹦鹉

不知它是来看书还是觅食

遇到也是缘分

我们把它关在鸟笼里

同事教它说话

它只会哇哇乱叫

还不如只乌鸦

我张了张嘴

不知该说些什么

春天，有多少少女破土而出

青春少女不惧怕坟墓

坟墓里没有死亡和衰老

只有宝藏和盗墓贼

春天，她比桃花开得早

穿着短裙吃雪糕

书包丢在梦里，月亮上认真写情书

我看着她的样子，就像看一只竹笋

尖尖的小脑袋，有无穷的力气

天空是蓝色的吗

一定要划破瞧一瞧

快 递

我称你为暖男

你有春天一样可以融化我的眼睛

和白蝴蝶似的衬衣

每天下楼我都要从你门前多经过几次

我的花也多开一瓣

你说："嗨，又取快递了？"

是的，我就喜欢这种荡秋千的感觉

春天是我的邻居

爱情正在派送

墓志铭

很多人在世时就写墓志铭

活着就想被人记住

其实春风只记得返青的野草

我想到武则天的无字碑

超过万千诗歌

死后就让我做一只孤魂野鬼

活在后人的幻想里面

在时间的天平上称量灵魂的火焰
——简评庄凌的诗

王冷阳

庄凌的文本整体呈现出幽深的情感，机敏而睿智，成熟又不失纯真，隐性和显性的生命光谱聚焦在意识深处，照亮她斑驳陆离的精神世界。

她的作品从光芒中获得物质和精神的对接点，构成自我审视的姿态，形式平静，本质汹涌。命运作为一个在精神流浪中辗转的暗影，时刻提醒着她介入时间的天平，用微茫的事物称量灵魂的火焰，青春仿如光线穿越黑夜和黎明。她用语词培育事物，并目睹爱和美涌向时光高处。

她称杜甫"子美兄"，巧妙借用其名篇《茅屋为秋风所破歌》，从那些被繁复的生活折磨得疲惫黯然的面孔中，发现了简单、明亮、淳朴同时又不依赖于任何物质世界的快感与温情——"满腹诗书如空空明月"，清晰、明亮、坚定、实在地通过明月的影像，打通了现实与时间深处两种精神向度的通道。文明的深刻性通过那些巨大的悲剧性沉落来传达，却在平淡无澜的言辞里，以赤诚的方式喃喃道出初衷："只愿心有所居，老有所养／我们隔世相望，心有灵犀。"

在弗洛伊德的观念中，人的历史是被压抑的历史，道德也是被本能压抑的道德。这种压抑所带来的恶果，其一便是物欲的极度膨胀，人的"性灵"的丧失、诗性的泯灭。而女性意识的复苏、解绑与个性的肆意扩张，在庄凌的诗中得到了淋漓尽致的呈现与释放。《走神》《手》《雨夜》《美女与野兽》等作品，或多或少地体认着女性的情感触角以及语言触须对世界无孔不入的伸展。"我愿意，被这个世界一点点忘记／然后又被谁突然想起"，一个人冥冥之中的深爱究竟要指向哪里？每一个个体在这个世界都有一个对称的灵魂，这对应，不单指爱情，更包括了精神向度的同一性、对生活意义及价值观念等诸多方面所体现出的心灵共振。

她的诗歌具有现代性，接纳了温暖和爱的明亮，但也有痛，让人读后沉思良久。不乏对"道德"的暗讽——

那种公共尺度中"道貌岸然"的虚伪部分，为她所不齿，在内心深处，她毋宁听凭于光与爱的照耀与摆布，她"想学西施，还想学柳如是／英雄与小人，都踩在我的高跟鞋下"。她所呈现的，并不止于叙述的表层，其光滑的语言内部充满植物的气息，又绝不流于口语的空洞而低俗地喧嚷。女性并不只是承受着物质与精神双重困境，同时也承受着工业文明时代的巨大狂欢，反衬了作为籍属的村庄清寂而荒凉的情感图式。在这些诗作中，她沉湎于过去、现在和未来三位一体的喃喃低语般的呼唤，以抚摩心灵的舒缓方式，向着人的精神最高层面展开了语言的火焰与卷宗——爱是一种最低限度的存在，也是最终的心灵归宿。在她这里，膨胀的物欲永不可消弭那些留守在心底的光亮与素朴的温良，那些过往的人和草木，那些睡在天上的星宿，便是"我们的祖宗"在天上相爱——人类共通的情感对接模式，在质朴的语言中获得了丰盈、爆破般的张力，诗意也随之获得最高限度的延展。

尤为值得一提的是《手》这首诗：一个无邪的少女，在生理萌动、情窦初绽的年纪，对男性的最初想象绝非环绕于"白马王子"这一概念化的程式，而是"一

双有着泥土味的少年的手"，"它让我如轻音乐一样
播放"——那是什么样的音符垂落于"十年懵懂百年
心"的一种情境之中？什么样的轻音乐可以胜过一个
少女更为绚烂、散发青草香味的幽秘内心？荣格认为，
灵魂每天在制造现实性，而他只能把这一活动谓之为
空想。在少女生长的那片土地上，既然有披着草木香
气飞翔的露珠，便有沿着枝叶滴落的月亮的花瓣。这
尖刀形的叶子与胡须，若即若离触碰过她的身体，而
身体才是一个人灵魂最原始的住址，也是一个人真正
意义上的故乡。她并不明白要爱什么，"只有手知道"。
情欲书写控制得恰如其分。"我常常抚摸路边的野花／
那腥味只有野猫闻到／想到生命的终结我的双手自然
地垂下／而风中的战栗从未停止"。那些新奇的、散
发草木和灵魂幽香的原始意象在汩汩流淌的诗意中穿
越了文本。这首诗并非局限于"爱"这一层面，同时
也涉及生命、死亡两大主题，基本回应了阿莱克桑德
雷所言的"爱，悲痛，死亡，生命"的写作主张。

　　《雨夜》一诗，诗人从梦寐中醒来，通过喻体与
本体的转换，生命的慈悲、呵护、疼惜、悲悯以及与
大地上种种生命的相互关照，寥寥数语，语义凸现，

将这些脆弱的小生灵召唤到"我废墟一样的被窝里来"，由小及大的情感潮水，漫延开来。《美女与野兽》所彰显的情感跨度较大，从自我心灵"蛮力"变幻飞升为"野生植物"的普遍属性，"一根芦苇"也有"一片河滩的梦境"，"不会爱上桃花林中的园丁"，这种自由而炽烈的精神属性，早在20世纪智利女诗人米斯特拉尔的《天意》一诗中已有过异曲同工的表述，不卑不亢，霸气而不失优雅，恣肆汪洋却有效控制了爱的尺度——"老虎被驯化"，"狮子已经绝迹"。文本弥漫着一种幽远、阒寂的天籁声响，她孤独而疲倦的身体里混合着泪水、泥土、雾霭和植物的气息。

但诗人绝不仅限于描述情感维度，她将更为宏大的笔触伸向更为广袤的背景：故土、人群、活着与故去的亲人，在通向天空与心灵幽径的叙述中纷纷现身，在逝去的岁月里重现，文本的叙述姿态也赋予了万物以灵性和女性的气息。她是幻觉，更是心灵聚焦的逼真图像，集合了所有美好与细小事物的美德与光。一个人可以是整个世界，"浪漫与悲剧不过是人生的正反面"，《孤单日记》以句式叠加的渐进中，道出了一个人活在芸芸众生里，自由才是最珍贵的生存姿态。《秋天的蝴蝶》

通过蝴蝶这一象征，折射时光中逝去的事物及其生存图景，"得不到的天涯，忘不了的咫尺／到头来只有盛大的秋风吹过"，人从黑暗中来涌来，在生命的尽头又如潮水般四散退去，"说什么天长地久，除了石头／好好活一天是一天，活一辈子有太多变数"，文本深化了大地、语词与物质的相互关系，把情感与植物、自然、星空、思索等放在一起，试图消解人与命运的距离，穿过这些物象，打开一条通向灵魂的通道，从而揭示出永恒的哲学命题。

一朵自由行走的花，怀抱秘密与敬畏，投身市井，将声音和物象深埋于辽阔的心灵故乡，并以此对抗原始本质和技术控制对精神的"钙化"，让生命得以新生和鲜活。她"用野花虚构春天，用流水代替真相"，甚至"还来不及说爱，叶子就落了"，"桃花盛开"，"美人迟暮"，这永远都是一种纯真的怀恋，纯粹赤诚的诗写底蕴，将人的心灵引向永恒的时空。

在生命、爱情、死亡的不同时间节点上，每一环，都深深镌刻着生命历程的刻度，每一座生命驿站，都会有不同的生活潮起潮落。《人世间那些喧哗与色彩也暗了下来》《红高粱》《晒被子》，不同程度呈现了祖孙三代的生活及精神样貌。流逝的瞬间为记忆所磨损，却永难销蚀。一切都与敏若琴弦的时间线索有关。血亲浓情有了更多深入骨髓的写实。她强烈的情感色彩与娴熟的书写达成了完整的结合，始终笼罩在文化寓意之中——繁盛与衰落、断片与复现，乡村图景不仅在时间上与今天拉开了距离，同时也在价值形态上再无重复的可能：新与旧、内与外、本质与表象、时间与传统、往事与变迁的纠缠……与"人世间那些喧哗与色彩也暗了下来"，一同暗下来的，还有人们集体的精神面孔。

当然她还有很多写细腻情感与平凡生活的诗歌，把平淡无奇甚至枯燥的日常生活写得生动有趣，让个体生命在时代背景下悠然绽放，这些看似轻松灵巧的小诗，实则浸润着诗人对生活的细心观察与思考，颇具现代气息和先锋美学，生活处处皆有诗意，需要有心人细细品味。

庄凌的人携带肉身穿过一生，斑驳芜杂的事象以语词的方式横陈于纸上，揭示了生命中悲剧和喜剧彼此对峙的精神阵容。在时间的天平上，人以事物称量自身，称量灵魂的火焰，从物的挤压中抽身而出，献出静穆与庄重，概括了世间的一切美。庄凌的诗是清醒的，让我读到了这种美。

后 记

想想世上有不少文字让我们心动，春天的一场花事也让人感伤，但遗憾的是，几乎与今天的诗歌无缘。为什么诗歌没有这样的力量，为什么诗歌与大众越来越疏远？这常常让我感到羞愧。

在古代，诗歌既风靡宫廷，也活在市井，诗歌离人民很近，"凡有井水处，皆能歌柳词"就是真实写照。而如今读者的文化水平普遍提高，但看得懂诗、真正喜欢读诗的人却少之又少，诗歌离生活越来越遥远。没有读者的文学其实是无用的，好比一潭死水。

这种文学现状，这种现实境遇让我思考："我到底要怎样写？应该写什么？"我希望自己也是一个清醒者，对诗歌有虔诚之心。

我想诗歌绝不是无病呻吟，不是编一群玄而又玄的虚假意象，不是造一堆似是而非的句子，不是玩一片眼花缭乱的技巧。其实任何艺术都应该是深入浅出的。创作者的思想需要深刻独特，但是表达需要简练轻盈，以此感染读者，引发共鸣，触动思考。如果没有深刻的思想认知，没有对生活真实的发现，没有鲜活的生命体验，也没独特的精神感悟，诗歌就成了空洞的词语堆砌，成了不知所云的病态呓语。

时代在变，读者的需求在变，诗歌也在变，诗人需要对这个世界有独立的思考判断和审美认知能力，能够把真实的日常事物写出诗意，写出思想，写出生命力，让读者触动，打通诗歌与人之间的心灵共鸣，化有形为无形，从而创造出诗歌独特的文化价值，这一直是我思考和努力的方向。

《我也是一个清醒者》是我的第二本诗集，收录了我从2014年至今的百余首诗作，每一首诗歌我都是用心写的，我试图把自己对生活、生命、命运、人性等自然万物的思考与反思用凝练的语句表达出来，试图给真实又平淡的日常加点乐趣和味道，试图让短暂又蓬勃的生命绽放出一点色彩，但愿读到它的人能够觉得有趣。

这本诗集记录的是我从青春到成熟的碰撞，是我个人生命中一个重要的礼物。在此要特别感谢为本套诗歌丛书辛勤付出的谭五昌教授。

谨以此书献给生活中的每一个人，愿平凡也有诗意，而我只想"活在后人的幻想里面"。

庄凌

2020 年 2 月于山东